延堂 최수홍

전북 부안에서 태어났으며 제1집 《사랑 그리움 기다림》
제2집 《오늘도 나는 바람꽃 되어 너를 기다린다》
제3집 《홀로 떨어진 꽃》 등 시집을 펴냈다.

하루 끝에는 그대가

시인 | 연당 최수홍

도서출판 지식나무

목차

프롤로그

십 년이면 강산도 변한다지만 요즘 세상엔 강산이 몇 번은 바뀌는 것 같다. 세상이 변해도 변하지 않은 건 못 다 이룬 사랑과 어머니에 대한 가슴에 묻은 그리움이다.

머리에 하얀 서리가 내리기 시작하면서 가슴에 그리움의 자리가 더욱 커져갔다. 나이테가 늘어나면서 감성적이 된 건지 순수한 사랑에 대한 갈망 때문인지는 모르겠다.

깊어가는 밤. 동이 트려 꿈틀거리는 새벽녘이 되면 가슴 한 구석이 휑하니 뚫려버린 듯 옛 생각에 아프기도 하다.

후회와 미안함과 그리움이 뒤섞여 무엇이 먼저인지 알 수 없기도 하다. 인생은 정답이 없다고 하지 않는가. 지나고 나면 미안하고 그립고 후회가 앞서는 건 모자란 인간의 면을 보여주는 것 같다. 그때로 돌아간다면 후회를 담은 그리움은 만들지 않을 텐데 라는 생각을 해보지만 10년 후 오늘을 돌아본다면 또 같은 생각을 할 것 같다.

왜 지나고 나면 미안하고 그리울까.

못 해주고 못 이룬 것이 가슴 저린 그리움을 만든다.

그리움을 만들려 그러는가. 지나고 나야 깨닫는 게 인간사인가.

시를 쓰면 늘 고심해 보지만 정답을 모르겠다.

사랑하는 사람과 이별하고 나면 내가 왜 그리 이기적이었을까 반성과 후회를 하게 된다.
왜. 함께 했을 때, 헤어졌을 때의 가슴 저미는 아픔과 그리움을 헤아리지 못하는 걸까?

어느 작가가 내게 연모지정이 강하다는 말을 한다. 연모지정(戀慕之情)은 사랑하여 그리워하는 정이란다. 정에 굶주린 것이 아니다. 그리움이 가슴 깊이 새겨진 것이다.
이 깊은 그리움이 내게 시어로 다가와 외로움과 허전함을 달래준다. 시를 쓰면서 눈시울을 적시기도 하지만 그 시간이 행복하다.
내 모자란 시를 읽으며 감동받고 기뻐하는 사람들을 보면 뿌듯한 보람을 느끼며 고맙기도 하다.
시를 쓰기에 내 삶이 좀 더 풍성해지고 쓰는 동안 힐링이 되었다.
초심을 잃지 않게 해 주는 시 쓰기는 계속될 것이다.

2022년 10월 어느날 延堂 최수홍

1부

산소 같은 사랑

산소 같은 사랑 I

언제나 그러하듯
아침 햇살에
눈 뜨면
써니가 다가옵니다.

두 팔 뻗어
그대를 안으면
온기가 퍼집니다.
온몸 가득 찹니다.

차오른 산소는
둥실둥실
하늘로 올라
저를 데리고 갑니다.
써니에게 갑니다.

산소 같은 사랑 Ⅱ

내 한 호흡의
산소는
어느 정도일까?

그대가 없다면
하나, 둘, 셋!

그대가 곁에 있다면
천, 만, 십만!!

써니를 향한
나의 사랑은
깊디깊은
천 년의 사랑
산소 같은 사랑!

산소 같은 사랑 Ⅲ

나는 오늘도
내 사랑
산소를 만난다.

무색무취의
내 사랑 써니는
하얀 도화지 위에
내 삶을 스케치해놓고

잿빛 나의 마음에
알록달록
색칠하고 있다.

써니
그녀의 손끝에서
나는
화사한 봄꽃으로
다시 피어난다.

산소 같은 사랑 Ⅳ

영롱한
아침 햇살에
눈을 뜨면

나는
그 사람이 그립습니다
언제나 그러하듯이

그대를 향한
나의 사랑은

새벽 숲 속에서 빛나는
영롱하고 깨끗한 아름다운
맑은 산소 같은
사랑입니다.

나는
그대가 없으면
숨을 쉴 수가 없기 때문입니다.

그대 향한
나의 사랑은
산소 같은 사랑입니다.

산소 같은 사랑 V

그 여자는
그 남자의 목숨

그 여자는
그 남자의 숨통

그 여자는
그 남자의 산소!

산소 같은 사람 VI

당신은
따뜻한 햇살입니다.
당신은
밤하늘 반짝이는
아름다운 별입니다.

당신은
나에게
숨을 쉬게 하는
내 삶의 뿌리
산소 같은 사람입니다.

산소 같은 사랑 Ⅶ

나는 오늘도
산소 같은 사람을 만난다

그 사람은
나의 지나간
꽃잎 떨어진 흔적

바람처럼 구름처럼
흘러간 세월을
하얀 도화지 위에
나의 인생과 삶을 그리고

지금의 내 모습을
아름다운 물감으로
색칠해 주는 사람입니다

나는 오늘도
산소 같은 사람을 만난다
그대를…

산소 같은 사랑 Ⅷ

어느 한 남자가
어느 한 여자를
죽는 날까지 죽도록
사랑한다고 했습니다.

그렇게 그렇게
한 남자가 오로지
그 한 여자만을
사랑하는 이유는

그 여자는
그 남자가 살아가는데
숨을 쉬게 하는
없어서는 안 될
산소였기 때문입니다

그 여자는
그 남자의 산소 같은
사랑이기 때문입니다

산소 같은 사람 IX

당신은
나에게 따뜻한
햇살입니다

당신은
나에게 밤하늘 반짝이는
아름다운 별입니다

당신은
나에게 숨을 쉬게 하고
내 삶에 산소 같은 사람입니다

산소 같은 사랑 X

나는
그대에게
생명을 주는
해와 달이 되고

나는
그대에게
바람과 구름이 되어

그대의 가슴에
찬란한 별빛이 되고

나는
그대에게
소금과 거름이 되어

아름답게 피어난
한 송이 민들레꽃이 되고

나는
그대에게
꼭 없어서는 안 되는

날마다
날마다
산소 같은 사랑이 되겠습니다

2부

별이 지는 그 끝에서

그리운 써니

너를 매일매일
하루 온종일 생각하고
기다리고 그리워하는 것이

지치고 너무너무 힘들고
시커멓게 멍이 든 가슴이 찢어지게 아파서

내가
너를 지우고 잊고 산 줄 알았는데

꽃 피고 새가 울고
바람 불어 꽃잎 떨어지고

물안개처럼
시간이 흐르고 세월이 바람처럼 지나가도

내가 나를 가만히
내 속을 들여다보니

내가 너를 죽도록 잊지도 못하면서
너를 잊은 것처럼 내가 나를
속이고 살아왔구나.

너의 기다림에
너의 그리움에 지친

내 삶에
내 가슴이
내 마음이 편하자고

하염없는 기다림

사박사박
봄비가 내린다.

소리 없이 온다.
하염없이 운다.

자박자박
그대 발자국 소리
언제나 들리려나?

아!
현기증이 인다.

눈물꽃

저 높은 밤하늘에
하얀 손을 내밀며
반짝이는
푸른 별빛을 하염없이
기다리다
기다리다
홀로 울다 지쳐버린
어리고 어린 못다 핀
수백 송이 꽃들이
검푸른 바닷속으로
꽃이 지네
꽃이 떨어지네

꽃이 피기를
꽃이 되기를
두 손 모아 빌고 비는
간절한 하늘의 마음도

애타는 땅의 마음도 뒤로 한 채
바람이 되어
구름이 되어
아…
사랑하는
내 아들 딸들아
하얀 파도 위에 몸을 실어
저 멀리 먼 곳으로 떠나가네
그 꽃잎 나를 떠나가도
그 꽃잎 나는 잊지 않으리라

눈물 꽃 떨어지는
가슴 아픈 사월에
마지막 밤에

〈세월호 속에서 피지 못할 꽃들을 기리며〉

당신의 별

나는
당신을 위해

푸른 밤하늘
빛나는 별이 되고 싶습니다

당신이 어디에서
무엇을 어떻게 하던

나는 언제나 어디에서나
밤하늘 빛나는 별이 되어

당신의 모든 것들을
바라볼 수 있기 때문입니다

까치

첫 새벽에
오늘도 까치가 운다
기쁜 소식이 온다고

창밖에
노란 은행나무
메마른 가지 위에 앉아

오늘도
한 번
믿어보자

오늘도
또 한 번
속아보자

그리운

내 임 소식

올 때까지

언제나

늘 하염없이

기다렸듯이

그리운 써니

내 눈 속에
똬리 틀고 있는
그리움의 원천

어둠속에서도
환하게 빛나는
그대의 모습

눈 감으면
사라질까
뜬 눈으로
지새우네.

봄이 오는 소리

하얀 초가집
한겨울 가슴 내내 얼었던

처마 밑 고드름
녹아 흘러내리는 소리

깊은 계곡
살며시 새순이 얼굴을 내밀고

한 송이 꽃이 피어나는
봄처녀 떨리는 숨소리

봄이 오는 햇살
봄이 오는 바람 소리

또 이렇게
봄은 어김없이

내 앞에 서 있고

아!
그리운 내 사랑도
봄이 오는 소리처럼
나를 찾아오시겠지

허수아비

고독한 그리움에 바람 불어
낙엽이 떨어지고

쓸쓸한 기다림에 흰 눈 내려
산처럼 쌓이고

그저 가슴 먹먹히
저 홀로 흐르는 뜨거운 눈물

아!
죽도록 지독한 이 외로움

오늘도
아침에 눈을 뜨니

허허벌판 빈 하늘만
두 팔 벌려 바라보며

홀로 서 있는 나는
허수아비다

당연한 사랑

봄꽃
겨울눈
당연한 진리

나에게 써니
써니에게 나
당연한 순리

내 마음속의 봄

나의
마음속에
꽃 피는 봄은

새봄에
꽃이 피어서가
아닙니다

내가
죽도록 사랑하는
그대를 만나서

언제나
내 마음은
아침 햇살에서
달이 뜨는 하루하루

온종일
그대 생각에
산과 들이
꽃 피는 봄입니다

꽃바람

나는
그대를
처음 본 순간부터

나는
그대의
하얀 구름이 되었고

그대는
나의 모든 것을
움직이는 꽃처럼
아름다운 바람이었습니다

나는
그대의
바람이 부는 대로 흘러가는
그대를
죽도록 사랑하는
하얀 구름이랍니다

동탄으로 가는길

아침 햇살이
빗장 열고 들어와 나를 깨우면

나는 하루 온종일 길을 걷는다
내가 걸어가는 그 길은

비가 오나 눈이 오나
산길이든 강길이든
허허벌판을 걸어가도

오로지 하늘만이 아는
내일이 찾아와도 나는 그 길을
걷는다

그 길의 끝은
그립고 그리운 그대 숨결이
머무는 곳 동탄으로 가는 그 길은

바람 불어 가슴 시린
물망초 같은 내사랑 꽃길이다

별빛 눈물

창 밖에는
달빛이 처량하게
힘없는 얼굴로 하얀 구름에 걸려있고

밤은 저 혼자
소리 없이 깊어만 가는데

조그만 길모퉁이
가로등 담장 밑 그늘에 숨어
울어대는 풀벌레 소리 구슬프고

어느새 내 눈가엔
별빛 가득 담은 눈물이 떨어진다

그대를 처음 만나
지금 이 순간까지 그대 하나 만을
바라보고 비추고 살았던

나의 사랑에 별빛이
눈물 되어 하염없이 떨어지네
그대가 내 곁을 떠났기 때문에

가시 나무새

너를 사랑하는
지독한 그리움에 한숨이

쌓이고 쌓여
파란 하늘 위에 흰구름 되어 날으면

어느새 하나 둘씩 모여
검은 먹구름이 되고

가슴을 베어내는
칼바람 불어오는 쓸쓸한 기다림에

애타고 뜨거운
목마름에 지쳐버린 고독한 내 가슴에
찬비가 되어 내 몸을 휘감으면

너를 죽도록
사랑하는 나는

대못이 박혀버린
한 마리 가시나무새가 되어

하늘을 날지도 못하고
외로이 홀로 서서 울면서 떨고있네

그리움

어젯밤에 내 마음을 알 듯이
밤새도록 두견새가 슬피 울어대더니

안개꽃 피어나는 동이트는 새벽녘
창가에 찬서리가 소리없이 내려왔다

저 먼 하늘
하얀 구름 속에 살고계신 내님은
지금쯤 일어나셨을까

오늘도 그대가 보고싶어
창가에 기대어 그대의 얼굴

그리고 또 그려본다
아……
그립고 그립다 그대가

숙명적인 사랑

나는
그대와
바람 불어
스치고 흔들리는
피할 수 있는
운명적 사랑보다는

나는
그대와
천년나무 만년바위 같은
절대로 피해갈 수 없는
영원한 숙명적인
사랑을 하고 싶습니다

하얀 도화지

나는
그대를 위해
하얀 도화지가 되겠습니다

그대의 생각대로
그대의 가슴으로
그대의 마음대로
그대의 영혼으로

언제 어디서나
일곱 빛깔 무지개를
그릴 수 있는

나는
그대를 위해
하얀 도화지가 되겠습니다

아이들

이 세상 모든
우리 아이들에게

머릿속엔
파란 하늘같이
높은 이상을

마음속엔
하얀 바다같이 넓은
큰 꿈을 심어주고

가슴속엔
아름답고 따뜻한
사랑을 담아주자

함께 하고픈 당신

그리운 사람
보고 싶은 사람

아침 햇살에
눈을 뜨면

살며시 내 눈동자 속에
들어있는 당신

저녁 달빛에
잠들 때면
손을 꼬옥 잡고
깊고 깊은 사랑을
나누고 싶은 당신

해바라기꽃

해처럼
달처럼
밤하늘에
빛나는 별처럼
언제 어디서나
나는
그대를 죽도록
영원히 사랑하며

오늘도
하염없이
오직 단 한 사람
그대만을 바라보며 서 있는
나는
한 송이
해바라기 꽃이다

그냥

나는
그냥 당신이 좋습니다

나는
그냥 당신을 사랑합니다

아무런 이유도 없습니다
아무런 조건도 없습니다

나는
그냥 당신을 좋아하고
사랑합니다

내가 당신을 좋아하고
사랑하는 이유를
그 어떠한 말과 행동으로도
표현할 수가 없습니다

봄이 오면 꽃이 피고
겨울이 오면 눈이 내리듯이

나는
그냥 당신이 좋습니다

나는
그냥 당신을 사랑합니다

기다림 Ⅰ

흐린 날도 있으면
갠 날도 있듯이

저 먼 산을
살을 도려내는
시베리아 벌판 같은
칼바람이 불어와
온통 살얼음 같은
흰 눈꽃으로 갈아입고
서 있는 저 높은 산도
언젠가는
따뜻한 봄바람 불어와

그대를 향한
나의 기다림도
언젠가는
꽃피는 봄날이 되어
나를 찾아오시겠지

기다림 II

내가
그대를
기다린다는 것은

내게는
희망이 되고
기쁨이 되고
소망이 되고
때로는 꿈도 됩니다

내가
그대를
기다린다는 것은

내 가슴속에
별빛 같은 떨림으로 다가오는

꽃처럼 아름다운

설렘이 있기 때문입니다

기다림 Ⅲ

조금만
조금만
이제 다 온 거 같다

조금만
조금만
이제 다 온 거 같다

저 밤하늘
별빛이 산산이
부서져 없어질 때까지

그대와
죽도록 함께할 시간이

설렘 I

그 언제부터인가
나도 모르게

그대의 문자
그대의 전화벨 소리를

언제 어디서나 시도 때도 없이
기다려지는 사람이 되어버렸습니다

입가에는
작은 미소를
가슴에는
설렘 안고

하루에도
수십 수백 번을
전화를 열어 봅니다

오늘도

나는

하루 온종일

설레는 가슴으로

그대의

전화를 기다립니다

설렘 Ⅱ

어느 날부터
바람에 흔들리는 들꽃에도
설렘이 깃들고

창문 너머
하얀 낮달이
나를 가만히 비추면

그대를 향한 그리움
그대를 향한 기다림
그대를 향한 떨림이
내 몸을 감싸고

내 인생과
내 삶의 스쳐 지나간
수천 수만 날들의
세월과 인연의 옷깃들에

마음 한번 주지 않고

먼 길을 앞만 보고
강물 따라 걸어왔던

나에게
메마른 하늘
메마른 대지 위에

어느 날
소나기처럼 다가온
당신입니다

금빛 액자

꿈속에서도 못 잊을
당신의 고운 얼굴

꽃단장
곱게 곱게 사진 만들어

내 가슴속에
영원히 변치 않는
천년 향기

금빛 액자 속에
깊이 간직하고 살리라

어머니

어머니
생각만 하여도 가슴이…

어머니
그 이름만 불러도 코끝이…

언제
어디에서나

꿈속에서도
뜨거운 눈시울이
젖어온다

아!
오늘따라
한없이 그리운
내 어머니

하얀 베개

이른 아침에
희미한 햇살이
창문을 흔들어
나를 깨워 눈을 뜨면
긴 긴 밤을
꿈속에서도 그대 생각에
뜨거운 눈물이 흘러
차갑게 식어버린
하얀 베개는
저만치 멀리 서 있고
이런 아침을
앞으로 몇 날 며칠을
흘러 보내야

죽도록 보고 싶은
그대를 그리움에 젖어있는
검은 내 눈동자 속에

아!!

언제나

담을 수가 있을까

미소

정처 없이 흘러가는
흰 구름이 내게 묻습니다

그대를
왜 그리워하느냐고

바람처럼 스쳐 지나가는
세월이 내게 묻습니다

그대를 왜 기다리냐고

밤하늘에 반짝이는
별빛이 내게 묻습니다

왜 그대를
사랑하느냐고

나는
홀로
가만히 눈을 감고

그냥
그냥
웃습니다

하루 끝에는 그대가

하루하루가
정말 힘드네요

죽도록 사랑하는 당신
손만 뻗으면 닿을 수 있는 당신을

지척에 두고도
볼 수 없다는 것이

당신은 기다리다 지쳐
목이 긴 사슴처럼
눈이 멀어버린 기다림을 견뎌 봤나요

한 겨울 뼛속 마디마다
사무치는 그리움을 참아 봤나요

하루 하루가
얼마나 힘든지 알고있나요
정녕 써니는 알고 있나요

아…
그래도
그래도

견디는 하루 끝에는
나를 살게 하는 고마운
그대가 있습니다

곡천리 눈꽃

오늘은
저 높은 하늘에 떠 있는

흰 뭉게구름
곱게 풀어
눈꽃 만들어

굽이굽이 영산 강변
그대 창문 밖 앞마당에

내 마음에
그대를
죽도록 그리워하는
하얀 그리움이
가득 담긴 아름다운 눈꽃을
온 사방
곱게 곱게
심어 놓으리라

빈 하늘

내가
당신을
사랑하는 마음은

당신의
크고 작은 모든 생각과 모든 모습을
모두 다 담을 수 있는

언제나
당신을 위해 비어있는
나는 하얀 빈 하늘입니다

꽃 바람

수천 년 시간과
수만 년 세월이 흘러도

언제나 똑같은
그 자리에 변함없이
하늘에 떠 있는
해와 달 그리고 별처럼

언제나 내 앞에
변치 않고 어김없이
찾아오는
봄 여름 가을 겨울처럼

언젠가는 내 앞에도
꿈속에서도 애타게 그리운
저 강 건너 산 넘어
남촌에 계시는 내 임도

하얀 양 떼 구름 몰고
따뜻한 꽃바람 타고 오시겠지요

오직 너 하나만을

나는 오직
너만을
너 하나만을

내 심장이 멈추고
죽는 날까지

해님처럼 뜨거운 열정으로
달님처럼 부드러운 솜사탕같이
별님처럼 아름다운 하얀 꽃 빛으로

너를
영원히 사랑한다

나는 오직
너만을
너 하나만을

숙명

그대와
나의 만남과

우리
두 사람의
사랑의 인연은

어쩌다 피할 수도 있는
운명이 아닌

절대로 피할 수 없는
숙명이고 싶습니다

믿음

오늘도
내 영혼이
아득히 깊은 데서

내가
그대를 굳게 믿고
사랑하는 마음으로

오늘도
나는 내 사랑
그대의 믿음으로
살아가리라

시월에

저 먼 산에
그토록 푸르던 숲은
어느새
세월의 찬 바람이 찾아와

저 홀로
붉은 단풍으로
옷을 갈아입고

나는 오늘도
어제처럼 또다시

하루에도
하루에도

수백 번
아니 수천 번 수만 번이

보고 싶은 사람

뜨거운 가슴에서 가슴으로
그대 이름을 불러 본다

깊어가는
시월에 마지막 밤에

사슴

아득히 저 멀리
그 푸르던 산도
어느새 온통 붉은 단풍으로
깊어가는
가을옷 갈아입고
서서히
내 앞으로 다가오는데

죽도록
그리워하고 보고 싶은
그대를
애타게 기다리는

한 마리
목이 긴 사슴이 되어버린
내 앞에는
언제쯤이나 오시려나

오늘도 하염없이
나는 그대를 기다린다.

나는 그대를

나는 그대를
너무나 사랑하기에

내 눈에는
아무것도
보이는 게 없습니다

보이는 것은
내 앞에
오직 그대
단 한 사람뿐입니다

나는 그대를
너무나 사랑했기에…

허전한 길

나 홀로
가슴속 깊이

그 누군가를
사랑한다는 것은

봄 여름 가을 겨울
일 년 내내
비가 오나 눈이 오나

외로운 산길을
쓸쓸한 강길을

무심히 흘러가는 구름과
무정하게 스쳐 가는 바람과 함께

나 홀로
그 길을 걸어가는 것이다

잔인한 사랑

천 길 만 길
벼랑 끝
낭떠러지에서

이 질긴
운명의 끈을

이제 그만
놓고 싶다.

이
숙명의 끈을
버리고 싶다.

아, 잔인한
나의 사랑아!

추억

눈 내리는
어느 하얀 겨울날에
난생처음
아는 것도 본 적도 없는
이 세상에서 하나밖에 없는
가장 아름답고 소중한 꽃을
만났습니다

그 꽃 어여쁜 향기를 따라 흘러온 세월이
꽃피는 봄날
눈 내리는 겨울이
어느새 열 번 넘게
옷을 갈아입었습니다.

저 먼
알프스 흰 눈밭에서
밤하늘에 반짝이는 별빛을

저 먼
남쪽 나라 핑크빛 꽃잎
곱게 물들어 노을 지는 백사장에

아~~~
오늘은 차디찬 바람만 부는
빈 하늘만 바라보며
지그시 눈을 감고
그 시간 그 세월
그 추억 속으로
나는
오늘도
되돌아갑니다

그리움

물 안개꽃 피어오른
하얀 새벽

첫닭 울음소리에
눈을 뜨면

눈부신 창문 밖에
제일 먼저 문을 열면
찾아오는 아침 햇살처럼

오늘도
가장 먼저 떠오르는

그대 얼굴
그대 모습

아!!
내 사랑 불러보는
그대 이름 석

단 한 사람

그 누군가를
그리워한다는 것

그 누군가를
기다린다는 것

기쁘고
즐겁고
행복하고

이 세상을 살아가는
맛이 있어
참 좋은 것 같습니다

그대를 죽도록
너무나 사랑하기에

3부

늘 뛰는 가슴이여

영원한 사랑

사랑합니다
사랑합니다

그대를 사랑하고
당신을 사랑하고

사랑합니다
사랑합니다

그대가 있어 기쁘고
당신이 있어 행복합니다

사랑합니다
사랑합니다

그대를 죽도록
당신을 영원히

꿈속으로

오늘 밤도
언제나 그랬듯이

매일 매일
하루 온종일

당신의 사랑을
깊은 가슴 속에 품고 사는
나는
당신의 이쁜 얼굴
고운 두 손을 꼬옥 잡고

당신과 나는
꿈속에
별나라로
여행을 떠납니다

당신을 그리워하며

당신을 기다리며

숙명적 사랑

운명의
사랑의 화살은
앞에서 날아와서

운명의 사랑은
피할 수도 있겠지만

숙명의
사랑의 화살은
뒤에서 날아와서

숙명의
사랑은 절대로
피할 수가 없는 것이다

그대 이름 석 자

하얀 이슬 맺힌

아침에 눈을 뜨면

그대가 그리워서

하루에도 수백 번

아니 수천 번을 불러보는

죽어도 못 잊혀져
깊은 가슴속에
빨갛게 새겨버린

내 사랑
그대 이름 석 자

아!!
오늘도
하염없이
불러본다.

하얀 물

나는
당신을 만나
어느 순간부터 나도 모르게

나는
당신의
하얀 물이 되었습니다

나는
당신이
만들어 놓으신
그 어떤 색깔과
그 어떤 모양의
그릇이라도
나는
언제 어디서나
그 속으로 들어가

당신이
원하는 그릇 속에
모든 색깔을 만들 수 있는
나는
당신의
하얀 물이 되었답니다

사랑의 빛

그대를 향한
나의 사랑하는 마음은

밤하늘에
높이 떠 있는
달과 별이랍니다

어쩌다 가끔씩
내 생각과 내 마음에 상관없이
구름에 가려
달빛과 별빛이 안 보일지라도

구름 속에 숨어있는
달빛과 별빛은
언제 어디서나 변치 않고
당신을 사랑하고
당신만을 향해 반짝이는

그대를 죽는 날까지
영원히 사랑하는
그대를 향한
진실한 나의 마음입니다.

뜨거운 사랑

달빛만
고요히 흐르는
적막한 밤하늘에

창문 밖에서
누군가 불러주는 그 옛날
오래된 낡은 하모니카 소리가

별빛 타고
내 가슴속에 스며 들면
그대와 함께 했던
지나간 아름다운 추억들이
하나둘씩
물안개 꽃 피어나듯
아스라이 솟아오릅니다

그대와 그날 밤
황홀했던 입맞춤을
그대와 함께했던
달콤한 속삭임을
그대와 같이 걸었던
뜨거운 사랑이
지금도 그대를 애타게 그리며
오늘 밤도 잠 못 이루어
동지섣달 긴 긴 밤을
하얗게 지새웁니다

나만의 행복

나는
내가 사랑하는
당신이
내 곁에 없어도

당신을
그리워하고
당신을
기다리며

내가 당신을
사랑하고 있다는 것만으로도

참으로 즐겁고
참으로 행복하고

오늘도
살아서 숨을 쉬는
이유입니다

하얀 파도 I

수천 날
수만 날을

단 하루
단 한 순간도
쉬지 않고 끊임없이
밀려오는 하얀 파도 같은
마음으로

나는 당신을
쉬지 않고
사랑하리라

영원히 타오르는 태양처럼
죽는 그날까지

하얀 파도 II

당신과 나
이 생명 끝나고
죽는 날까지

푸른 바다
밀려오는
하얀 파도처럼

언제나 똑같이
변치 않고
살아 숨 쉬는
하얀 파도 같은
사랑을 하고 싶다

끝없는 사랑

당신은
내 앞의

내 인생보다
내 삶보다

당신의 인생이
당신의 삶이

언제나
모든 것이
나보다
먼저입니다

아픈 사랑

그대를
하염없이 그리워하는
내 마음은
세월이 흘러가는
강물 속에 숨기고

그대를
애타도록 기다리는
내 마음은
깊고 깊은
푸른 산속에 묻어두고

그대를
죽도록 사랑하는
내 마음은
뜨거운 내 가슴속에
영원히 남겨두자

긴 긴 밤

북풍한설 몰아치는
긴긴 겨울밤이 지나고

눈 녹이는
따뜻한 새봄을
손꼽아 기다린다

그대를 향한 그리움이
내 온몸 마디마디
뼛속까지 파고든다.

벼랑 끝

천 길 만 길
벼랑 끝 낭떠러지에서

당신을 향한
그리움에 끈을
아!!
이제는
그만 내려놓고 싶다

당신을 향한
숙명의 그리움에 끈을

천 길 만 길
벼랑 끝 낭떠러지로

당신을 위해서

내가 가지고 있는
내 마음의
여러 가지 각양각색의 그릇들을

당신이 가지고 있는
당신 마음의
여러 가지 각양각색의 그릇을

언제 어디서나
나의 그릇에
모두 다 전부를 담을 수 있도록

나의 그릇을
하얀 바다처럼 넓게
푸른 산처럼 높게
만들겠습니다

당신을 위하여…

내 삶의 의미

그대가
내 곁에 있어

내가
그대를 죽도록
사랑한다는 이유
단 하나만으로도

나는
이 세상을 살아가는
내 인생과
내 삶의 의미와 이유가
절실하게 있는 것이다.

꽃 피는 봄날에

시냇물이 흘러
푸른 강물이 되고

강물이 흘러
하얀 바다로 가듯이

언젠가는
그대와 나는

저 먼바다로
둘이서 두 손 꼬옥 잡고
하얀 돛단배 띄워
우리들의 삶과 인생의
행복이란 짐을 싣고
여행을 떠날 겁니다

남풍이 불어오는
꽃피는 봄날에

외로움

사랑이
깊으면
그리움이 깊고

그리움이
깊으면
기다림이 깊고

기다림이
깊으면
외로움이 깊다

빛나는 보석

당신이
나 때문에
흘린 눈물이
흔한 보석이 아니라

이 세상에서
내 삶과
내 인생의
전부와 바꿀 수 없는

가장 존귀하고 소중한
그 어느 보석보다도
찬란하고 영롱하게
빛나는 보석이랍니다

사랑의 눈물

안개꽃
피어오르는
하얀 새벽 아침

풀잎마다
맺혀 떨어지는
영롱한
이슬방울은

긴 긴 밤을
홀로 외로이 지새운
그대 향한
그리움과 기다림
애타는 사랑의 눈물이다.

아름다운 사랑

나는
당신과
이런 사랑을
하고 싶습니다

나는
당신의
겉모습과
속마음 전부를
사랑하고 싶습니다

우리 둘이
아무 말 없이
세월의 강물이 흘러도

처음 그 순간처럼
언제나 하얀 첫눈을

그리워하는 사랑

항상 솜사탕처럼
달콤하고 따뜻한 사랑
봄꽃처럼 생명이 피어나는
아름다운 사랑

나는
당신과
이런 사랑을
하고 싶습니다

순수한 사랑

나는
당신이
생각하는
모든 것들을
사랑합니다

나는
당신의
마음속에
모든 것들을
사랑합니다

나는
당신의
검은 머리 위에서
하얀 머리까지
모든 시간들을
영원히 사랑합니다.

사랑의 꽃

나는
너를 위해
꽃을 피우고 싶다
나의 영원한 사랑의 꽃을

당신의 하얀 마음이
메마르고 목마를 때
나는 파란 하늘에
단비를 뿌려 주고

당신이 어두운 밤
길을 잃어 지치고 헤매일 때
맑고 밝은 빛을 비추어 주고

당신의
영혼이 비바람 불어
흔들리고 힘들어 쓸쓸하고
외로울 때

나는
당신의 손을 잡고
그 어떤 폭풍이 불어와도
흔들리지 않는
뿌리 깊은 영원한
사랑의 꽃을
피우고 싶다.

하늘 바다

깊어가는
높은 가을 하늘 아래

끝없이 멀어져간
하얀 구름은
당신을 꿈속에서도
그리워하는 하늘 바다요.

곱게 물든 붉은 단풍은
애타게 기다리며
당신을 오라 손짓하는
메마른 바람결에
너울너울
춤을 추는 파란 파도요.

홀로 서 있는
검푸른 산봉우리는

당신을 기다리다 지쳐서
하얀 구름 위에 떠도는
하나의 외로운
작은 섬이로구나.

윤회

세상에서
지지 않는 꽃이 어디 있으며

끝나지 않는
잔치가 어디 있겠는가

그러나 꽃은
다시 피어나고
잔치는
또 열릴 것이다.

꽃 피는 봄이 지나가면
세월의 강물이 흘러서
또다시
봄이 오듯이…

고독

춥다
외롭다

쓸쓸하다
바람이 분다

가슴은 시리다
그대가 없음이다

내 곁에…

보고 싶은 사람

사람이 산다는 게
눈을 뜨고 숨만 쉰다고
살아 있는 게 아닌가보다

아침에 눈을 떠도
눈을 뜬 게 아니고
길을 걸어가도
걷는 게 아니고

하루하루
온종일 당신 생각에
가슴이 너무 메어와
숨을 쉴 수가 없네

옆에 있어도 그리운 사람
보고 있어도 보고 싶은 사람
아!!

사랑하는 사람이
내 곁에 없다는 것 때문에

뜻깊은 이유

하늘에서
퍼붓는 장대비는
모습과 소리는 있어도

하늘에서
쏟아지는 함박눈은
모습은 보여도
소리는 없다.

왜…
비 내리는 소리는 있어도
왜…
눈 내리는 소리는 없을까

장대비는 장대비대로
소리 내는 이유가 있고,

함박눈은 함박눈대로
소리 없는
뜻깊은 이유가 있을 것이다

모든 사람이 자신들만이
세상을 살아가는
이유가 있듯이…

기다림

하루
하루 온종일
저 깊은 푸른 바닷속
가슴 깊은 마음으로
생각이 나는 사람

언제나 항상 뜨겁게
그리워서 그리움이
빨간 장미꽃 되어 불타버리고
목마른 그리움에
가슴이 미어지도록
보고 싶은 사람

그날
그날을 어서 오라고
손꼽아 애가 타도록 기다리며
큰 눈망울을 새벽이슬에 젖으며

목이 길어진 사슴처럼

하염없이

하염없이

기다려지는 사람

너

나는 너를
처음 만난 순간부터 이 순간까지
내 인생을 스쳐 지나간
수많은 세월과 빛나는 별빛
그리고
구름과 바람
아름다운 추억들

내 삶의 찰라 순간순간의
즐거운 기쁨과 슬픔 외로움도
기다림과 그리움이 손잡고
함께 찾아오는 쓸쓸함과 고독도

나는
그냥 너
너… 라고 부르고 싶다

그대 떠난 뒤에

그대가
내 곁을 떠난 날부터

나에겐
나에겐

붉은빛 태양은
저 멀리 수평선 넘어
하얀 물안개 속으로 사라지고

길고 긴 암흑 속에서
나 홀로이 언제나
쓸쓸하고 외로운 불나방 되어
그대의 환한 분홍빛
부드러운 미소 별빛을 찾아
그리움에 흠뻑 젖은
무거운 날개깃을

하염없이 펄럭이며
하늘을 날고 있다

그림자

나는
몰랐습니다

내가 사랑하는
그대 뒤에는
이별의 그림자가
소리 없이 숨어서
따라다닌다는 것을

그대를
기다리고 그리워하며
사랑에 눈이 멀고 귀가 막히고
그대를 죽도록 사랑하는 나는

정말, 정말…

나는 정말 몰랐습니다

무제(간절함)

차디찬 식탁 위에
저 홀로 쌓여가는 빈 밥그릇

창밖엔 눈 부신 햇살
옷깃을 파고드는
향기로운 봄내음 봄바람

진달래 개나리꽃
온천지 피어나 휘날리고

언제나 텅 비어있는 내 방엔
언제쯤
따뜻한 꽃바람 남풍이 불어올까?

하루의 끝에는 그대가

저　자: 최수홍
발행인: 김복환
발행처: 도서출판 지식나무

초판 인쇄: 2022년 10월 30일
초판 발행: 2022년 10월 31일

출판 등록 번호: 제301-2014-078호
주소: 서울특별시 중구 수표로 12길 24
전화: 02-2264-2305
팩스: 02-2267-2833
이메일: booksesang@hanmail.net

ISBN　979-11-87170-46-4

정가: 15,000원

延堂 최 수 홍 시인의 발간시집

사랑 그리움 기다림(제1집)

최수홍 | eBOOK | 4,000원

관조적인 감각으로 삶을 바라보는 최수홍 시인의 첫 번째 시집이다.
담백하면서도 열정적이고 애정 어린 시선으로 현대인의 사랑과 그리
움, 인생에 관한 시인의 철학을 담아 노래하고 있다.

오늘도 나는 바람꽃 되어 너를 기다린다(제2집)

최수홍 | eBOOK | 6,000원

마음속에 솟아오르는 사랑에 대한 솔직하고도 애절한 감정을 표현한
최수홍 시인의 두 번째 시집이다. 감정의 꽃이라 할 수 있는 사랑에
대해, 인생에 대해 보다 깊고 성숙한 시각으로 그려내고 있다.

홀로 떨어진 꽃(제3집)

최수홍 | 플레이북 | 10,000원

사랑을 향해 질주했던 자신을 관조하고 그간 덜 성숙했던 모습의 사
랑을 반추하고 있는 최수홍 시인의 세 번째 시집이다. 누구나 간직하
고 있는 마음속의 보석상자를 좀 더 아름답게 채색하려는 시인의 노
력이 돋보인다.